EDITORIAL PRESENÇA
Rua Augusto Gil, 35-A
1000 LISBOA
Telef. 73 41 91

CATARINA
OU
O SABOR DA MAÇÃ

ANTÓNIO ALÇADA BAPTISTA

CATARINA
OU
O SABOR DA MAÇÃ

FICHA TÉCNICA

Título: *Catarina ou o Sabor da Maçã*
Autor: *António Alçada Baptista*
© *by António Alçada Baptista e Editorial Presença, Lda., Lisboa, 1988*
Capa: *António Marques*
Composição, impressão e acabamento: *Guide-Artes Gráficas, Lda.*
1.ª edição, Lisboa, 1988
2.ª edição, Lisboa, 1988
3.ª edição, Lisboa, 1989
Depósito legal n.º 17 779/87

Reservados todos os direitos
para a língua portuguesa à
EDITORIAL PRESENÇA, LDA.
Rua Augusto Gil, 35-A   1000 Lisboa

«Viu pois a mulher que o fruto da árvore era bom para comer e formoso aos olhos e de aspecto agradável; e tirou a maçã da árvore e comeu; e deu a seu marido que também comeu. E os olhos de ambos se abriram; e tendo conhecido que estavam nús, cozeram folhas de figueira e fizeram para si cinturas para se cobrirem.»

Genesis, 3-6

I

Temos dificuldade em compreender nos outros aquilo que não somos capazes de viver. Por exemplo: a paixão. Eu pensava que a paixão estava em declínio porque julgo que ela é o resultado dos muitos interditos que bloqueiam a nossa afectividade, sobretudo nas coisas que se passam entre homem e mulher. Por isso, os sentimentos aproveitam a mais ligeira fenda para fazer jorrar, impetuosa, a paixão. O que me parecia natural é que, à medida que os tais interditos fossem desaparecendo, a paixão fosse perdendo a sua força.

O certo é que eu não imaginava que fossem possíveis paixões assim e por isso tive alguma dificuldade para encontrar resposta para o Felipe que me apareceu a dizer-me que estava apaixonado.

Como o pai lhe morreu cedo, eu acho que ele criou comigo, e com estes vinte anos que me separam dele, uma relação edipiana que faria as delícias dum psicanalista. Não obstante a diferença das nossas idades eu procuro manter com ele uma relação afectuosa e fraternal mas não nego que, da sua parte, há uma certa dependência afectiva que não consigo evitar. Normalmente ele escolhe-me para confidente dos seus sonhos e das suas realidades.

Naquela noite, depois do jantar, o Felipe telefonou-me a dizer que precisava muito de falar comigo e eu estou quase sempre disposto a atender as suas aflições. Não esperava é que se tratasse dum caso de amor. Chegou e foi logo muito directo àquilo que o trazia a minha casa:

— Desculpa, mas tu tens que me ajudar. Eu não posso viver sem a Catarina...

Pela maneira como me falou vi logo que andava por ali um grande fogo e, nestes transes, não vale a pena teorizar seja o que for e muito menos a paixão. Poderia dizer-lhe o que penso sobre o assunto: de como tudo aquilo estava ligado ao seu narcisismo e à dificuldade que sempre teve em sair do seu mundo interior. Ele tentava projectar na imagem da Catarina a sua própria imagem do amor. Daí o seu fascínio que duraria exactamente o tempo de compreender que a Catarina era outra pessoa e não o reflexo dele próprio insuflado pela sua paixão. Mas isso não iria adiantar nada: quando se está a viver qualquer coisa com empenho e emoção, o discurso teórico é inteiramente impotente e não é com ele que se desarma um apaixonado.

Eu disse-lhe: — Bem. Acho que a primeira coisa a saber é o que é que a Catarina pensa disso tudo...

— Ela é amorosa comigo. Trata-me lindamente mas diz que não pensa em casar. Que isso está inteiramente fora dos seus projectos. Mas — insistia com o mesmo calor — eu não posso viver sem ela!

Gostaria, se fosse possível, de tentar amortecer tanta veemência mas a verdade é que não sabia como começar. A razão, como disse, era improfícua e o humor poderia até ser ofensivo.

O Felipe tinha quase trinta anos. Estes casos são mais frequentes na adolescência mas, por um lado, isso não é uma regra e, por outro, a adolescência prolonga-se muitas vezes até à decrepitude. E ele, nestas coisas, era um eterno adolescente.

O Felipe era um daqueles rapazes que fazem inveja a muitos pais porque nunca deu trabalho a ninguém. Foi um estudante sem sobressaltos, fez engenharia química com boas classificações e ainda estava no Técnico quando lhe ofereceram um emprego. Hoje, é um alto quadro numa grande empresa: exactamente o que se chama uma situação invejável.

É verdade que aqueles estudos aturados o retiraram um pouco da vida. Nunca foi de farras, não dançou as músicas dos Beatles, não bebeu copos a não ser para fazer saúdes. Ele quase podia ter sido até um daqueles meninos impertinentes, sonsos e pouco divertidos, mas não: tinha um certo encanto na voz, os olhos eram comunicativos e o seu aspecto era muito agradável: a gente gostava de o ter ao lado e de conversar com ele. Além do mais, era o meu conselheiro técnico de som: sabia das altas fidelidades, do que valia a pena comprar ou não. Eu, nessa matéria, entregava-me inteiramente à sua competência.

Retomei à conversa acenando-lhe com a esperança:

— Mas isso da Catarina ter contigo uma boa relação já é muito importante. Sabes, as pessoas às vezes dizem que não querem casar mas depois, com o tempo, com a convivência, as coisas começam a tornar-se possíveis. Agora tens é que ter muito cuidado na tua relação com ela: não podes tornar-te pesado, não podes dar aso a que ela se canse de ti.

O Felipe voltava ao mesmo:

— Mas eu não sou capaz de viver sem ela. O que é que tu queres? Ocupa-me todos os pensamentos. Tudo o que eu faço imagino logo que ela devia estar ao meu lado. Nunca vivi uma coisa assim...

Sem o querer magoar, caricaturei um pouco a situação:

— Meu querido Felipe, tens de admitir que não é possível resolver estas situações só com a força dos nossos desejos. Há muitos anos, tu eras o chamado bom partido. O assunto podia ser tratado com os pais e a pobre inocentinha não podia fazer mais do que inclinar-se à vontade paterna. Mas hoje, felizmente, já não é assim. A Catarina é uma pessoa crescida, com personalidade, sabe o que quer. As coisas têm que se passar entre vocês os dois e a vontade das pessoas é decisiva.

A conversa do Felipe não variava nada mas a certa altura reparei que ele gostaria era da minha intervenção. Ele sentia que era descabido que eu o fizesse abertamente mas foi-me dizendo:

— Ela é tão tua amiga... Se alguma vez nas vossas conversas viesse a propósito dizer-lhe alguma coisa...

Em rigor isto deixar-me-ia perplexo mas, para o estado em que ele estava, achei até que tinha insinuado muito discretamente a minha ajuda. Eu disse-lhe que sim:

— É evidente que tu não vais querer que lhe peça para casar contigo mas se falarmos de ti, se as circunstâncias se proporcionarem, podes estar certo que lhe falarei nisso. Ainda não sei é bem como...

O Felipe demorou-se lá em casa até tarde. Quase que tive de o pôr na rua. A boca abriu-se-me de sono por mais duma vez e, ainda por cima, a conversa não variava. De qualquer modo tive a sensação de que o Felipe tinha desabafado e o desabafo, nestes casos, é já uma pequena terapia. Mas eu fiquei convencido que até que as coisas levassem outro rumo, eu ia ouvi-lo vezes e vezes sobre aquela paixão.

II

Quando ele saiu e antes de adormecer, fiquei-me a pensar nesta paixão do Felipe e com ela estava, para mim, inteiramente fora do tempo. Recordei dramas camilianos e outros inesperados lances que no mundo dos nossos avós eram o pão de cada dia. Mais uma vez liguei à permissividade do tempo o abrandamento destas tensões amorosas que faziam, muitas vezes, de qualquer caso de amor, uma tortura. Estava nestes pensamentos quando, subitamente, me lembrei das *Confissões de S. Cipriano,* do fragmento conhecido, que parece ter sido escrito no ano 360 ou 370, e que eu tinha lido há pouco tempo. Tinha sido por causa dum caso de paixão que Cipriano se transformou de servidor do demónio em santo dos altares. O livro impressionou-me porque me parece que não é possível reduzir tudo aquilo à fantasia e a verdade é que cada época segrega os seus próprios fantasmas ou, por outras palavras, os fantasmas e os espíritos acodem mas é quando se sentem chamados. Não admira que, no nosso tempo, exorcizado pela razão, as ciências e as técnicas até à exaustão, não tivesse ficado lugar para um qualquer espírito ou bom ou mau.

Para quem ler aquele livro com os olhos de outro tempo, não há dúvida que aquilo mete medo. Os detalhes da relação de Cipriano com o Príncipe das Trevas são demasiado minuciosos para serem só o produto da sua imaginação e o que faz interrogar-me é o tentar saber de que é que estaria povoado o espírito dos homens para que tudo aquilo possa ser dado como uma realidade estranhadamente convivente. A verdade é que, segundo ele nos conta, o seu lugar era importante na escala dos servidores do demónio.

«Acreditai nas minhas palavras: eu vi o próprio Diabo. Escutai-me: eu beijei-o e falei com ele e fui considerado como uma das maiores personalidades da sua corte. Saudava-me como alguém de boa raça, firme no seu serviço e digno de ser seu companheiro. Prometeu fazer de mim um Príncipe, após a minha morte e, enquanto eu vivesse, iria sustentar-me em todas as minhas acções. Também, na qualidade de seu dignatário, confiou-me uma falange de demónios. «Coragem, excelente Cipriano» — disse-me à minha partida, e levantou-se para me acompanhar, o que a todos outros espantou. Também todos os seus lugares tenentes me obedeceram, sabendo em que favor eu era tido por ele. A sua aparência era a de uma flor de ouro ornada de pedras preciosas. Sobre a sua cabeça estava uma coroa de gemas entrelaçadas cujo brilho iluminava o lugar onde se encontrava. O seu manto estava em harmonia com a coroa que o ornava e, quando se voltava, os arrepios percorriam o corpo dos que estavam na sala. À volta do seu trono estava uma abundante corte de demónios de diversas ordens, manifestando pelo aspecto e pelos actos a sua inteira submissão. Também me foi dado ver como ele iluminava este local e o enchia de fantasmas, inspirando a todos um violento terror. Porque de todos os astros e das plantas e das criações do Senhor ele construía aparências a fim de se preparar a fazer a guerra a Deus e aos anjos.»

Cipriano tinha conquistado as graças do demónio e usava esses poderes fazendo magias, conhecedor que era das ciências mágicas e versado no conhecimento das coisas invisíveis. A ele acorriam aqueles que queriam assistir aos seus sortilégios, uns impelidos pelo desejo de saber, outros para se iniciarem às artes da impiedade e muitos ainda possuídos pela paixão do prazer, do ciúme, da inveja e da maldade.

Um dia, Aglaídes veio procurá-lo e deu-lhe conta da sua paixão por Justina. Cipriano empregou nesta donzela inexpugnável todo o poder das suas artes e toda a falange de demónios que lhe tinha sido dada para o ajudar mas não conseguia o menor êxito. Veio o próprio Príncipe do Mal e durante setenta dias ele e os seus mais altos dignatários se puseram à conquista da donzela mas sem o conseguir. A jovem Justina era cristã e a sua oração fazia frente à legião de todos os demónios.

Foi a partir desta comprovada fraqueza do demónio que Cipriano rompeu o seu pacto com ele e abraçou a Cristo porque ali teve a prova de que ele era o verdadeiro Senhor e Rei. Mas duas coisas ficaram em mim da leitura deste livro. Uma é a descrição do Inferno a outra é que, nestas variações do espírito, do fogo, do além e da fantasia, a mulher tem um poder maior e mais forte do que o homem.

A descrição do Inferno não vem aqui muito a propósito mas não resisto a transcrever o que Cipriano diz ter visto lá em baixo:

«Lá vi como nascem a piedade ímpia e o conhecimento desprovido de razão e a justiça sem justiça e a confusão na ordem. Lá vi a imagem da mentira dotada de formas múltiplas; e a imagem da cólera semelhante à pedra, solitária, rude e bestial; a imagem da astúcia, cabeluda e de mil línguas; a imagem do ódio, cega, com quatro olhos atrás do crânio que fogem sempre da luz e um grande número de pés ligados directamente à cabeça mas não possuindo ventre porque a sua paixão é desprovida de entranhas; a imagem da inveja, semelhante à do ciúme, não diferindo senão em que ela atira uma língua tal como uma foice. Vi, lá em baixo, a imagem da maldade, magra, provida de um grande número de olhos e, no lugar das pupilas, flechas sempre prontas a atirarem-se para fazer o mal; a imagem da avareza, com uma testa larga e estreita, com uma boca por trás e outra sobre o peito, absorvendo terras e pedras mas tornando-se sempre mais magra, sem nada juntar a ela própria; a imagem do amor do ganho, tendo todo o corpo afiado como um sabre e as pupilas dos olhos enterradas como quem está prestes a desmaiar; uma imagem do comércio, sem graça, rápida, suja, tendo sobre as costas um fardo atado contendo todos os seus bens; a imagem da vaidade, bem alimentada, bem gorda mas inteiramente desprovida de ossos; a imagem da idolatria, voando alto, com as asas na cabeça e com o ar de dever cobrir todas as coisas mas sem poder pôr um só dos seus membros debaixo da sua sombra; a imagem da hipocrisia com um ar doente, com o peito largo mas que discretamente se dissipa e, como que pelos ventos é levada em mil direcções; uma imagem da loucura com a cabeça posta de lado, um coração lasso, relachado, incapaz de conter seja o que fôr.»

Aquelas páginas de Cipriano, de que aqui deixo uma pequena amostra e que bem podiam ser pintadas por Brueghel ou Jerome Bosch, só não me aterrorizaram porque já nasci a viver sem o sobrenatural ou, pelo menos, a ter que fazer algum esforço para o imaginar. Se calhar isso é próprio do masculino: se relembrarmos as histórias das bruxas e dos diálogos com o além, sabemos que há muito mais mulheres do que homens a trocarem o culto pelo oculto. O outro mundo, para a Igreja, é uma realidade abstracta, é um além estruturado à régua e ao compasso da razão do homem mas o universo dos espíritos que entram e saem da vida sem precisar de marcação, é uma área onde a mulher se sente mais à vontade. Talvez por isso, antigamente, toda a gente tratava mal as mulheres e mesmo a Igreja demorou a integrar o próprio resgate feito por Cristo: primeiro começou por pôr em dúvida a existência da sua alma, depois achou que eram seres inferiores, naturalmente inclinados à luxúria e ao engôdo dos homens, fabricadas pelo Criador como uma armadilha a tentar-nos para incorrermos no pecado da carne.

III

Eu conhecia já há algum tempo a Catarina daquela Lisboa que anda à volta das coisas da cultura: exposições, concertos, acontecimentos literários e assim. Agora, por causa do Felipe, pus-me a pensar se ela seria pessoa para inspirar paixão e achei que isso é possível. Cada geração tem os seus padrões estéticos capazes de despertarem paixão mas eu, como tenho dito, sinto dificuldade em me projectar em paixões depois da minha adolescência. Nesse tempo, mulheres de paixão eram, por exemplo, a Rita Hayworth e a Ava Gardner. Como se tratava de paixões cinematográficas, impossíveis de reciprocidade, acho que era obviamente o desejo a mola dessa vibração. De resto, na altura, os cartazes e os anúncios não diziam outra coisa: «o mais belo animal do mundo» ou «o poder da carne» ou «a fúria do desejo» — para qualificar mulheres assim. Mas havia gostos para tudo. Eu próprio não me posso esquecer da paixão em que fervi pela Sonja Henie, uma sueca transplantada para Hollywood onde fez a *Serenata do*

Sol: percorria os ecrãs de squi enquanto a orquestra do Glenn Miller tocava algumas das mais belas canções da época.

Como descrever a Catarina? Era muito bem feitinha de corpo e tinha o cabelo castanho claro e um rosto perfeito — nem provocante nem sensual —, no Colégio ela poderia ter feito de anjo numa procissão ou num presépio. Já vi que este tipo de mulheres atraem especialmente gente bem comportada porque transportam para a mulher eleita exactamente a ânsia de angelismo que lhes acode ao peito.

O meu conhecimento com a Catarina começou precisamente depois de ouvirmos uma conferência do Jorge Luís Borges na Faculdade de Letras. Ela sabia da minha admiração pelo escritor e à saída veio ter comigo.

— Desculpe. Eu sou a Catarina. Conheço muito pouco o Borges mas há nele qualquer coisa que me fascina. Pode-me dizer o que será?

Eu achei graça àquela maneira de vir ter comigo e propus-lhe irmos beber um café:

— Isso dá para uma conversa muito grande. Vamos aí tomar um café enquanto falamos.

Cafés por ali não havia. Entrámos os dois no carro e viemos na direcção da cidade. Logo no Campo Pequeno ela disse que havia uma pastelaria à direita. Arrumei o carro e saímos.

Depois de nos sentarmos à mesa e pedirmos os cafés eu disse:

— Sabe o que eu acho mais importante no Borges? É a revalorização da palavra. As palavras voltam a ter um peso e um sentido.

— Não sei se será exactamente isso o que me prende. Eu há pouco disse fascínio. É isso. Eu leio um conto dele e fico fascinada.

— É que você, possivelmente, tem uma especial percepção da literatura. De certo modo, literatura é isso: é a gente ficar encantado no enredo das palavras. Mas eu aí volto ao que lhe tinha dito: cada palavra, no Borges, tem um peso e um sentido e nós estamos inteiramente desabituados disso. Estamos metidos numa civilização de *slogans*, de palavras de ordem e de lugares comuns. Ora, tudo isso são necroses: são próteses encrustadas na vida da escrita.

A nossa conversa, nesse dia, foi toda mais ou menos assim, uma conversa literária entre duas chávenas de café numa pastelaria do Campo Pequeno. Ali estivemos por mais duma hora até que saímos e eu a fui deixar em casa. Mas ficámos amigos. De vez em quando a Catarina telefonava-me, desafiava-me para tomar cafés e eu, por minha vez, fazia o mesmo. Também íamos ao cinema e era ela, quase sempre, que estava a par dos filmes que se deviam ver. De qualquer modo, sempre que nos encontrávamos pela tal Lisboa da cultura, o acontecimento metia grandes sorrisos e saudações. O que acontecia era que, nesta nossa amizade, eu não a imaginava como motivo de paixão e, como disse, só depois daquele desabafo do Felipe, é que eu comecei a vê-la assim. De modo nenhum como uma mulher fatal mas como aquela mulher doce e etérea com que sonham os adolescentes. Por outras palavras: uma mulher para uma paixão à antiga.

Passados dois dias da conversa com o Felipe telefonei-lhe e desafiei-a para outro café. A justificação que eu me dei era o caso do Felipe mas — confesso a minha fraqueza — eu também estava curioso do que ela me iria dizer. Quando os dias estavam bonitos marcávamos os nossos encontros na esplanada que fica ao cimo do Parque Eduardo VII. Estende-se aquela vista toda sobre a Avenida da Liberdade até ao Tejo, como se fosse um vale marginado de casas. O sol aquecia a cidade e fazia reflectir a sua luz nas janelas das casas que ornavam a margem direita da Avenida e o som dos automóveis chegava lá acima atenuado pelo espaço largo do Parque. É bom estar ali em dias assim. Eu tinha-me sentado quando a Catarina chegou. Levantei-me, demos um beijo e eu disse:

— Olá. Como vai tudo?

Ela estava risonha e bem disposta:

— Tudo mais ou menos. E você?

— Eu estou bem mas tinha saudades tuas. Não sei nada de ti.

Ela falou duma vida sem acidentes. Tinha feito férias em Vila Nova de Milfontes e já estava em Lisboa.

Não sei como veio a propósito falarmos no Felipe. Eu gostava de levar para aí o assunto mas não queria que a coisa parecesse muito óbvia mas de certo modo foi. Depois daquela conversa vaga — onde estiveste? que fizeste? que vais fazer? — comecei a falar do Felipe. Eu disse:

— Ah! É verdade. No outro dia falei imenso de ti.

Ela quis saber com quem.

— Vê se adivinhas... Um que está completamente apaixonado...

Aí a Catarina ficou mais séria. Também achou que, a partir daquilo, a charada não era difícil de resolver.

— Ah! Então já sei: foi o Felipe.

— Foi mesmo. Eu gosto bem dele...

— Eu também mas isto de a gente amar uma pessoa é muito complicado.

— Sabes, todas as coisas que entram um bocado para dentro de nós são complicadas...

Mas a Catarina queria dizer mais. Via-se que estava a fazer um certo esforço para as coisas lhe saírem:

— Eu quase tenho vergonha do que te vou dizer mas eu acho a minha vida amorosa muito estranha. Acabo por fazer amor quase sem justificação, não é mesmo um problema para mim, mas as minhas grandes inibições, os meus grandes bloqueios são quando me aparece alguém como o Felipe. Acho que ele é óptimo, bem formado, sério, com um destino na vida... Parece que é isso mesmo que me inibe. Se ele não fosse tão bonzinho já tínhamos ido para a cama... Sinto-me tão mal a dizer-te isto... E o pior é que ele não está interessado em programas fúteis. Quer um casamento, uma vida a dois, um compromisso, um destino comum. Aquilo que quase todas as mulheres querem e se calhar era o que eu devia querer... Mas eu não me sinto nada atraída e nem é por ele, é por isso. É capaz de ser chato aquilo que te vou dizer, mas, sabes o que é que me afasta do Felipe?... Eu acho que é a sua pureza...

Eu fiquei sem grande resposta para lhe dar e continuei um bocado sem jeito:

— Eu agradeço-te muito a tua franqueza. Nem toda a gente era capaz de confessar o que acabaste de dizer.

— É evidente que eu não iria dizer isto a qualquer pessoa. Tenho muita confiança em ti.

— De qualquer modo acho que me deste uma grande prova de confiança e vejo que és muito lúcida a teu respeito. É muito difícil termos ideias claras sobre nós próprios. Eu estava-te a imaginar inteiramente ao contrário. De certo modo tu também és uma menina certinha. Aquilo a que se chama boa filha, boa irmã, boa aluna... Julgava que um homem como o Felipe era exactamente o teu sonho. Porque ele não é um bonzinho chato. O Felipe tem imenso encanto pessoal.

— Tem isso tudo e por isso é que eu sou amiga dele... Mas aquela seriedade que ele põe na vida e nas coisas... É uma vergonha dizer-te isto... mas afasta-me. Não sei o que é que me faz ter esta recusa aos compromissos e o Felipe é alguém cuja vida é uma série de compromissos que vai cumprindo.

Pela primeira vez, nas nossas conversas, a Catarina falou-me naquele lado da sua vida. Eu não sabia como eram os seus amores, nem sequer se os tinha. Depois, aquele seu arzinho angelical a falar-me dos livros e dos cinemas quase me tinha feito esquecer o seu corpo e os seus desejos. Isso nem foi uma ingenuidade minha, foi só uma distracção. Eu sei que uma mulher de quase trinta anos, mergulhada na vida como ela, teve concerteza já que arranjar respostas para as perguntas que faz o corpo.

Esta foi a conversa que tivemos em que ela me desvendou um pouco da sua intimidade. Pela primeira vez a Catarina tinha-me falado de qualquer coisa que lhe vinha mesmo do fundo e isso fez entrar as nossas palavras mais para dentro de cada um de nós. Também não quis deixar de lhe contar a história de S. Cipriano.

— Sabes, quando o Felipe me falou na sua paixão por ti, eu lembrei-me dum livro que tinha lido há pouco tempo em que um jovem apaixonado pediu a Cipriano, que era mago e tinha pacto com o demónio, para lhe dar um filtro, um sortilégio, uma magia que lhe trouxesse a menina para os braços.

Depois, sorri-me e concluí: — Bons tempos...

Ela riu-se também e disse: — Sabe, os sortilégios e os filtros agora são outros...

Eu disse: — Pois é. Naquele tempo o demónio andava por fora. Agora, se calhar anda por dentro de nós. Ele não precisa de ser chamado e está sempre à espera de que a gente lhe dê uma oportunidade.

IV

Por causa daquela primeira conversa com o Felipe e depois deste encontro com a Catarina eu acho que fui ficando por dentro da vida dos dois.

Contrariamente ao que eu poderia supor as coisas com o Felipe resolveram-se com facilidade. Eu, que durante tantos dias aturei com paciência e amizade as suas amarguras, não iria imaginar que o caso, da parte dele, se iria resolver tão facilmente. Foi assim: umas semanas depois, o Felipe foi chamado à direcção da Companhia. Louvaram mais uma vez a sua actuação e anunciaram-lhe uma ida para a Bélgica, para a sede da organização, onde ele iria fazer um estágio que era já uma espécie de promoção. Naquele dia, chegou-me a casa e falou-me muito mais na proposta do Director do que na paixão pela Catarina. Até nisto os tempos são outros. Vejo é que, hoje, é possível a alguém criar um entusiasmo por uma carreira capaz de entrar em competição com um grande amor. A conversa continuou mas as alusões à Catarina foram já muito raras e esbatidas perante o frémito da promoção e da ida para a Bélgica, para a sede da empresa.

Calculei que, por ali, o caso da Catarina ficasse em vias de arrumação mas, de repente, dei por mim a pensar na Catarina duma maneira que não me era habitual. Comecei a desconfiar que aquele café na esplanada do Parque Eduardo VII me tinha aberto uma outra comunicação com ela. Até ali era uma menina simpática com quem eu, de vez em quando, tinha conversas cultas e inocentes. Agora dei-me conta que, desde esse dia, eu tinha começado a desejá-la.

O caso para mim não era simples. Eu acho que, em matéria de amor, sou um ser que suporta com muita dificuldade a permanência. Isso pode ter que ver com o facto de eu ser muito cioso do meu ritmo individual e do meu espaço, a ponto de me incomodar com a interferência de estranhos, ou significa mesmo uma dificuldade que tenho em dialogar no tempo com o meu semelhante. Tenho as minhas amizades duráveis mas não dependo dos meus amigos. Algumas vezes estou tempos seguidos sem ver alguém que estimo e que mora na rua do lado. Normalmente só me dou com mulheres. Só elas se interessam pelas coisas por que eu me interesso mas, apesar disso, não sei estar muito tempo com ninguém, mesmo com uma mulher. Julgo que as duas coisas que podem ligar com demora um homem a uma mulher é o hábito ou o desejo.

O hábito é, possivelmente, ainda mais poderoso. A certa altura da vida, um ser depende do outro pelas pequenas rábulas com que se relacionam. Habituados à pequena agressão, à resposta seca, ao que não vem a propósito, a certos tiques, é, no fundo, tudo isso que estabelece entre homem e mulher uma ligação até à morte. Mulheres que trataram os maridos com a mais requintada crueldade quotidiana deram depois viúvas inconsoláveis. E vice-versa.

O desejo, para mim, é relativamente fugaz. Mulheres que me inspiraram um frémito voraz, cuja intimidade era um desabafo imparável do prazer do corpo, de repente, deixam de me interessar. Não é que me afastem: desinteressam-me. E, então, é todo um castelo festivo que a pouco e pouco se desmorona: as suas palavras, os seus raciocínios, as suas graças, as suas falhas, que até há pouco tempo eram motivo de excitação e enlevo, tornam-se insípidas, desajeitadas, inteiramente sem graça. Tem-me acontecido que as mulheres surpreendem esse meu desinteresse que acaba por ser contagioso e, felizmente, são elas que cortam o romance. Digo felizmente porque, nesta matéria, a minha cobardia é ilimitada. Custa-me magoar alguém mas não é por delicadeza, é por cobardia. Assim, tenho conseguido contornar as várias situações em que me meto por entre sentimentos não defenidos, revelando ainda por cima a minha imensa fragilidade com que os outros se encantam. Acho mesmo que as mulheres se enternecem quando são vítimas da fragilidade dum homem. Mais: a partir de certa altura da minha vida, conquistei muito mais coisas à custa da minha fraqueza do que da minha força. O maravilhoso texto cristão sobre o qual está construída ainda a nossa sociedade, tem uma irresistível estima pela fraqueza do próximo.

Estes e outros pensamentos vieram-me à cabeça ao mesmo tempo que descobri o meu interesse pela Catarina. A gente às vezes também não sabe o que é que deu origem a um interesse assim. Estou-me a interrogar duma forma inteiramente despudorada, quase à procura dos meus sentimentos piores que poderiam ter determinado as minhas acções. Seria o interesse do Felipe o que despertou em mim o interesse por ela? Já uma vez um amigo, que me emprestou o quarto, não resistiu a confessar-me: — Estou-te com uma inveja! A coisa que mais invejo a um amigo é a mulher com quem ele vai para a cama!

Temos que ser capazes de enfrentar os nossos sentimentos mais torpes. Outra razão: naquele célebre café, a Catarina, pela primeira vez, falou-me do seu corpo com toda a naturalidade. Eu poderia já ter adivinhado mas não me tinha disposto a avançar: havia aquele seu ar angélico, havia as nossas idades e eu, nestas coisas, é muito raro dar um passo em falso. Tenho o meu amor próprio e tenho um afinado sentido estético do meu comportamento. Mais: a uma certa altura da vida, a gente, nestas coisas, já não queima etapas. Também, essa nossa capacidade de cálculo e espera, é capaz de ter que ver com o ter-se amado muito ou pouco.

Eu acho que já amei muito ou, pelo menos, amei o suficiente para não me sentir um carenciado. Às vezes penso nisso: se eu fosse um carenciado, tinha feito já muito tristes figuras, porque os carenciados vivem uma extraordinária obcessão. Eu acho que não sou um obcecado activo: as minhas obcessões pressupõem uma estratégia global de enfrentar o mundo sem precipitações talvez por pensar que elas levam muito mais facilmente ao fracasso do que ao êxito.

Agora que estou a recapitular a minha relação com a Catarina, lembro-me de pequenos acontecimentos que poderiam ter duas interpretações e onde, por isso, a precipitação podia ter sido fatal. Por exemplo: uns tempos depois daquela conversa sobre o Borges, recebi um postal de Marrocos: «Estou aqui porque aproveitei a ponte do feriado e não disse nada a ninguém. Lembrei-me de si e mando-lhe um beijo. Catarina.»

Isto poderia significar que a Catarina estava interessada em mim, que a minha lembrança tinha ido com ela naquela viagem a Marrocos e que, por isso, ela estava a dar-me o sinal para o seu regresso. Mas também podia ser só exactamente aquilo: uma menina querida, que me tinha conhecido uns tempos atrás, que gostou de estar comigo e que me queria dizer isso mesmo, sem mais. Ora, se eu fosse essa menina com esses sentimentos, o pior que me podia acontecer é que eles fossem mal interpretados. Por isso, quando ela voltou e nos encontrámos, disse só: — Gostei imenso do teu postalzinho de Marrocos. Foi uma ternura teres-te lembrado de mim.

Tenho algum orgulho nestes comportamentos mas eu acho que vêm exactamente do facto de eu não ser um carente pois de outro modo eu não teria esta capacidade de me controlar.

Lembra-me, a propósito disso, o que me aconteceu há alguns anos com a Cláudia. Um dia toca o telefone e era uma brasileira a perguntar por mim.

— Sou eu — disse.

— Cheguei ontem do Rio. O José Ricardo deu-me o seu número de telefone e disse para eu lhe telefonar.

Fez uma pausa e depois continuou enquanto punha um maior sorriso ainda na voz:

— Para lhe dizer a verdade ele até me disse que você era das poucas pessoas que a gente podia conhecer em Lisboa.

Eu fiz de modesto:

— O José Ricardo é muito meu amigo e você sabe como ele é pessimista...

Passei pelo hotel: era uma mulher deslumbrante. Disse-me que vinha estar seis meses a Portugal «a curar-se dum desgosto de amor». Ficámos muito amigos e, durante aqueles seis meses, saímos algumas vezes e criámos uma grande intimidade. Nas vésperas de se ir embora disse-me:

— Estive aqui seis meses, ficámos tão amigos e nunca dormi contigo!

Foi quando eu lhe disse:

— Cláudia: tu és uma mulher muito bonita e calculo que deve ser deprimente isto de qualquer homem que tu conheces querer logo ir para a cama contigo...

Ela não disse nada. Eu continuei:

— Eu só queria que, por uma vez, tu conhecesses um homem de quem ficaste amigo, que teve contigo uma grande intimidade mas que não te quis sujeitar a isso...

— É — disse ela — mas até por todas essas razões era capaz de não ter sido nada mau...

— Mas, também, tu podias ter tomado a iniciativa...

— Pois podia mas tive muita vergonha.

— Olha, paciência. De qualquer maneira acho que foi bom teres também vivido esta experiência dum homem que gostou de ti por causa do que és por dentro.

— Pois é. Às vezes a gente tem consolações por coisas completamente inesperadas. Gostaria de ter ido para a cama contigo mas estou muito agradecida de não o teres tentado.

Como vêm, as relações humanas são muito subtis mas há requintes de comportamento que só podem ter aqueles que não andam para aí famintos e sequiosos do amor dos outros.

Eu penso nestas coisas ao analisar o meu interesse pela Catarina, sobretudo agora que, no meu entender, o Felipe tinha saído da história. Devo confessar que me admirei mais quando o vi inteiramente apanhado pela paixão da Catarina do que

agora, que o vejo distanciar-se dela por causa da promoção em Bruxelas. Será que vamos sendo mais autónomos — o que seria bom, ou que nos vamos tornando mais egoístas — o que seria mau?
É bom que a gente analise o nosso comportamento sem que, com isso, fiquemos tolhidos para a acção. Em matéria de relações humanas acho que sou um homem de passos prudentes mas em muitas outras coisas sou inteiramente descomandado. É que, já reparei, eu sou a minha relação com os outros e, nos momentos de crise, tenho quase a sensação de que tudo depende da maneira como funciona o meu relacionamento. Nos momentos de crise, repito, sou um ser de grandes necessidades de afecto natural, quase uterino. Os meus sonhos são doridas retrospectivas à minha infância em que revejo os meus pais, os meus avós, os cenários da infância e eu, entre a angústia e o repouso, a vogar por aquele estofo placentário que é o afecto que decorre da natureza. Não que os meus pais tivessem sido comigo uns pais desvanecidos. Usaram os costumes da época: ralhos, castigos mas, de vez em quando, o colo da minha mãe. Os das minhas avós e das criadas velhas era outra coisa: era uma interminável sinfonia de ternura, de ternura avulsa, da que sai dos gestos como o respirar sai do nariz. Mas, apesar disso, quando estou em crise, aparece-me em sonhos toda essa composição antiga, comigo no meio, sem saber se já sou adulto ou se sou ainda um menino: de qualquer modo, a recusar a cortina pesada do tempo,

a ressuscitar tudo e todos como se fosse uma grande magia ou — outra versão — o tal paraíso onde nos encontraremos. Mas é sempre um recuar no tempo até chegar àquela altura em que ninguém estava morto.

É no meio de todas estas perplexidades que a Catarina agora me aparece: o outro, o meu semelhante em forma de mulher. E torno a dizer que me é difícil qualificar o meu comportamento com as mulheres. Por um lado, acho que o desejo me comanda em toda essa operação, por outro, tenho que reconhecer que consigo relações muito profundas com mulheres sem que a sombra de um desejo me estremeça o corpo. Com os homens não sou capaz de viver mesmo esta relação que é talvez um estado de alma partilhado: um estado de recíproca ternura que não me habituei a viver com homens. Era assim que eu estava a viver a minha relação com a Catarina até àquele dia de que já tanto falei.

Quando o desejo entra, é ele que conduz a situação: é ele que comanda o sentido das palavras, o rumo das mãos, o jogo dos gestos. É assim que, neste momento, estou com a Catarina mas há uma coisa que eu temo: ela disse-me que o que a afastava do Felipe era a sua pureza e eu acho que, nestas coisas, não sou um impuro. Talvez isso possa ser também um obstáculo que nos separe.

Como aconteceu ligar a este caso a história de Cipriano, estou sempre a lembrar-me dela. Ali havia pelo menos três pessoas de boa fé: em primeiro lugar, a piedosa Justina, depois, o próprio Aglaídes que a amava como podia e sabia e, finalmente, Cipriano que, apesar de ter pacto com o demónio, era um homem de boas intenções: reconheceu a força que Cristo incutia à donzela e decidiu que esse iria ser o seu senhor e o seu rei. São personagens definidas: a Justina leva a sério a virtude, Aglaídes é um amante apaixonado que não troca o seu amor pelo primeiro emprego em Bruxelas e Cipriano quer servir o senhor da verdade. Acho que estes tempos terminaram e que o demónio era visível quando as pessoas eram definidas. Agora não, somos uma série de arranjos — eu sou um arranjo de tudo: do bem e do mal, do desejo e da pureza, da verdade e da astúcia. Quando é que eu posso dizer que uma só virtude ou um só vício me faz mover?

O demónio terá que ser outro porque nós nos viemos transformando. Deixámos de ser unos e somos múltiplos. Por isso o demoníaco hoje é subtil, tortuoso, enigmático, enganador. E cá vai a frase do Baudelaire que é obrigatória sempre que se fala no diabo: «La plus belle ruse du Diable est de nous persuader qu'il n'existe pas».

V

Depois da conversa com o Felipe em que ele estava satisfeitíssimo com a ida para a Bélgica, comecei a andar mais com a Catarina. Como já disse, perdi dela a imagem da menina que me parecia inacessível à maldade e ela própria me deu a entender que o amor, não que fosse uma perversão, mas que era qualquer coisa que a separava da pureza. E acho que foi isso, exactamente, o que me levou a passar a olhá-la com outros olhos: foi quando passei a desejá-la. E também é verdade que ela, desde esse momento, modificou a sua relação comigo: a certa altura parecia estar assente e entendido que iríamos os dois para a cama logo que houvesse ocasião.

Ora, nessa altura, eu tinha uma casa velha no meio dum pinhal para os lados de Colares. Aluguei a casa, que estava quase a cair e fiz as obras. A casa estava relativamente isolada. Em baixo, tinha uma cozinha e uma grande sala ao lado e em cima tinha três quartos e uma casa de banho. No quarto maior pus a minha cama, a minha mesa e alguns dos meus livros numa estante côr-de-rosa velho. Às vezes esticava os fins-de-semana e passava lá aos três e quatro dias a fazer os meus trabalhos e as minhas traduções. Perto da casa havia um tanque grande que a gente depois limpou e fazia de piscina. Inesperadamente fiquei com uma casa de campo com piscina e tudo, que era um luxo que eu não imaginava ter. A casa prestava-se imenso e sei que a arranjei muito bem. Dava-me duas compensações: a possibilidade de trabalhar com sossego e isolamento e o gosto de, em certos dias, poder receber os meus amigos.

Isto vem a propósito de dizer que a Catarina, já nesta fase em que andávamos, uma vez disse-me:

— Falas tanto na tua casa de Colares e nunca me levaste lá!

— Quando quiseres vamos. Olha, eu vou para lá sexta-feira, podes vir?

Ela disse que sim e, nessa sexta-feira, lá partimos. Chegámos, abri as janelas e comecei a mostrar-lhe a casa: — Aqui é a cozinha e a sala. Depois subimos: — Este é o meu quarto mas há mais dois, aquele ali e o outro ao lado. Onde é que queres ficar?

Ela olhou-me, como se fosse óbvio e disse:

— Ora essa, fico no teu.

Pousámos os sacos no chão e demos um imenso beijo. Foi então que eu senti, pela primeira vez, a desmedida força do seu desejo porque aquele beijo foi longo e molhado e logo a seguir veio outro e outro. Aos poucos fomo-nos aproximando da minha cama e para lá caímos. Enquanto nos beijávamos íamo-nos despindo. Começámos nos sapatos, um para cada lado. Depois fui eu que lhe comecei a desapertar a blusa e depois o *soutien*. Ela ia abrindo a minha camisa e fomos tirando roupa até que ficámos os dois nus, à mercê do nosso desejo. E como aquele desejo era forte!

Não consegui deixar de me desdobrar — nunca consigo — entre aquela parte de mim que está empenhadamente entregue às coisas do prazer e da excitação e uma outra metade que vai observando e notando aquilo que se passa. Foi esse lado de mim que viu uma Catarina possessa pelo desejo a tirar do meu corpo tudo aquilo que ele lhe podia dar. Lembro-me que não trocámos uma palavra enquanto durou aquele jogo tenso e bom. Eu via o corpo dela, branco e entregue ao gosto do prazer até que, a certa altura, ela deu quase um grito:

— Vem, vem comigo!

Foi assim que fizemos amor pela primeira vez. Só depois reparei que a porta da casa ficara aberta e que já fazia um pouco de frio. Olhámos um para o outro, mais calmos, mas a Catarina, num repente, procurou beijar-me outra vez com sofreguidão. A certa altura eu disse:

— Está tudo aberto e faz frio. Vou fechar a porta e as janelas... E se eu acendesse o lume da lareira?

A Catarina não disse que sim, concedeu, pois via-se que o que ela queria é que ficássemos os dois naquele jogo imparável.

Vim para baixo, fechei a porta da casa, as janelas da sala e da cozinha. Trouxe um jornal velho e pinhas para fazer o lume na lareira. A certa altura disse lá para cima:

— Não tem frio? Não quer vir aqui para o pé do lume?

A Catarina resmungou qualquer coisa lá do quarto que eu não compreendi e, passado um pouco, apareceu só com a blusa vestida, com um ar ensonado e os cabelos desgrenhados.

— Não tens frio? — perguntei outra vez.

— Não. Tenho é mais vontade de ti.

O lume estava aceso e eu sentei-me no sofá que lhe estava em frente. A Catarina veio para os meus braços, beijou-me outra vez, desabotoou-me a camisa para me descobrir o peito que ia cobrindo de beijos, enquanto a tal outra metade de mim ia pensando que eu não ia conseguir fazer amor outra vez.

A verdade é que o meu desejo já não tinha a mesma força com que há pouco estava, na cama do quarto, mas isso para ela parecia indiferente. Tirou-me a camisa e as calças, deitou fora a blusa e, insaciável, puxou por mim até conquistar o que queria. Só então ficou mais calma, ao pé do lume, anichada no sofá grande. Estava linda. Deu-me tempo para ver bem o seu corpo, com os ossos todos cobertos pela sua carne rija. Vestida, parecia magra mas a verdade é que não se via nem um osso, as ancas curvavam sem nenhum exagero e o peito, nem grande nem pequeno, estava tenso para a frente, quase com altivez. Deu por mim a olhá-la de alto a baixo e viu-se que ficou contente. Sorriu e disse-me:

— Que bom que isto é! Tenho a impressão que é aquilo de que gosto mais. E tu?

Eu não tinha outra saída senão dizer-lhe que sim mas acho que, no fundo, fiquei um bocado culpabilizado por dizer que o que gosto mais na vida é fazer amor:

— Talvez... Acho que sim... Mas há também outras coisas boas na vida.

A Catarina riu-se e desafiou-me:

— Não há nada. Diz lá uma...

— Não sei... A ternura, por exemplo. Eu gosto do amor individualizado... Deixa lá ver se eu me explico... Gosto assim enquanto se vê que eu estou a gostar de ti mesmo e que tu estás a gostar de mim. A certa altura tenho a impressão de que tu estás é a gostar do corpo dum homem e que eu estou a gostar do corpo duma mulher... Achas que me expliquei bem?

— Percebo o que queres dizer mas eu não ligo muito a essas subtilezas... Gosto do corpo do homem mas acho que é do teu... Se, de repente, se trocasse pelo corpo de outro acho que dava pela diferença.

Eu não fiquei muito convencido. Senti que a Catarina, tanto lá em cima, no quarto, como ali ao pé do lume, estava interessada era no meu corpo. Compreendi que, quando se tratava das coisas do corpo, ela perdia inteiramente o seu ar de anjo de presépio e mostrava o desejo por todos os lados: na boca, nos olhos, na maneira como as mãos me tocavam.

Devo confessar que sou um bocado irrequieto. Não que eu não goste de grandes conversas depois do amor, enquanto estamos quentes e lassos, numa espécie de repouso merecido por quem tanto se esforçou pelo prazer mas, daquela vez, a verdade é que tinhamos chegado a casa e estava tudo por fazer. Eu disse:

— Bem. Tenho que ir tratar das coisas. O que é que você quer para jantar?

A Catarina não queria era sair daquele pouso:

— Deixe lá o jantar. Está com fome?

— Agora ainda não mas, se calhar, daqui a pouco estou. Não trouxemos nada feito.

— Também, num instante se faz um bife e se coze um arroz... Deixe-se ficar assim, ao pé de mim.

Eu fiquei muito contrariado e, se calhar, notava-se. A Catarina continuava mole e sonolenta. Eu estava sentado na ponta do sofá e ela arranjou maneira de deitar a cabeça na minha barriga e de me apanhar o corpo com os seus braços que davam as mãos por trás das minhas costas. Mesmo assim mexi-me à procura da minha camisa para tirar um cigarro. Ela disse:

— É tão irrequieto. Porque é que não fica aqui sossegadinho?

Eu ri-me:

— Vou só buscar um cigarro. Não me deixa fumar um cigarro?

Ela soltou-me e foi dizendo:

— Já agora arranje também um para mim...

Depois de fumar o cigarro achei que era altura de irmos tratar da vida. Atirei a ponta para dentro do lume e, enquanto me levantava, ia dizendo:

— Agora, a menina, se quiser, fica aqui mas eu tenho de ir arranjar as coisas.

Assim foi. Ela olhava-me enquanto eu me vestia. Depois fui à cozinha, abri o cesto que trazia com as comidas, meti no frigorífico o que era para o frigorífico, peguei na vassoura e dei uma varridela no chão, apanhei com a pá e deitei no lixo. Cheguei à porta da sala para ver o que tinha acontecido. A Catarina estava-se a espreguiçar com gosto, como quem tem tempo para tudo. Viu-me e riu-se:

— O que é que eu tenho que fazer?

— Nada. Você é minha convidada. Eu é que faço tudo. Quando muito, vá lá acima e arrume as coisas do seu saco no armário, mas não é obrigatório...

A Catarina espreguiçou-se mais uma vez e levantou-se. Continuava linda, a vestir a blusa sobre a pele e a caminhar descalça pela sala em direcção à escada. Eu fiquei a vê-la subir.

Aqueles nossos três dias em Colares foram uma comemoração gloriosa, quase um êxtase em que nem um grão de areia veio perturbar um acorde daquela pequena sinfonia que estávamos por ali os dois tocando.

A gente, às vezes, acordava de noite e conversávamos. Na noite de Sábado para Domingo acordámos às seis e meia da manhã. Ela disse que lhe apetecia fazer uma coisa fora de propósito. Eu propus irmos ver nascer o sol ao alto da Peninha e ela achou óptimo. Vestimo-nos à pressa. Eu enfiei por cima de tudo uma camisola grossa de lã, metemo-nos no carro e lá fomos pela serra acima. A luz do dia começava a distinguir o contorno dos montes mas quando lá chegámos acima o sol não tinha nascido ainda. Ficámos no carro, à espera, de mão dada até que ela se proximou mais de mim e me deu dois daqueles beijos que ela sabia e de que eu estava a tomar o gosto. A certa altura lá vinha o Sol a espreitar no fundo do horizonte. Perto, nem viv'alma. Nem um cão ladrava. Era só o pequeno coro dos pássaros a acordarem-se uns aos outros. O belo disco de luz alaranjada ia-se erguendo e nós ficámos a olhar para o Sol e para os raios que ele ia pondo na encosta da serra. Ficámos quietos e silenciosos como numa missa e aquele ritual diário, mas que a gente raras vezes tinha ocasião de ver, transmitia-nos uma grande serenidade e uma imensa emoção. Senti a mão dela a apertar mais a minha. Ela disse:

— O mundo é tão bonito!

Eu comentei:

— O que faz isto bonito está dentro de nós. Muita gente fica indiferente a este Sol a nascer e quem tem ódio no coração fica lá com o ódio.

A Catarina estava com um brilho no olhar e parecia querer aspirar com as narinas tudo o que se estava a passar. Deixou cair uma frase como se fosse uma resposta ao que eu lhe tinha dito:

— Talvez fosse possível ensinar as pessoas a ver nascer o Sol...

Eu perguntei:

— E a ti, quem te ensinou?

— Tudo me ensinou: o meu pai, a minha mãe, o mundo em que eu nasci... Tudo mais ou menos me preparou para coisas destas. Viver é capaz de ser uma educação de sentimentos.

— Sim. É capaz de ser, só que nós temos uma imensa capacidade de sermos infiéis às coisas para que fomos feitos.

O Sol tinha acabado de nascer e o dia prometia estar bonito. Viemos para o carro e descemos a Colares para a nossa casa. Fomos dormir mas, de cada vez que a gente entrava na cama, a Catarina tinha que fazer os seus rituais de carícias que sempre acabavam num amor bem soletrado. Como tenho dito, todo este lado sensual da Catarina era uma surpresa para mim. Naquele dia acabámos por cair um para cada lado, sonolentos e cansados, mas quase parecia que, entre o sono, ela pensava no meu corpo e procurava-o com as mãos, mesmo a dormitar.

Quando acordei, o Sol que tinhamos visto nascer, já ia alto e forte. Batia nas janelas e as frinchas deixavam passar pequenos raios de luz que iam bater no chão e na cómoda. Ela continuava a dormir ao meu lado e a mim deu-me para pensar nesta aventura inesperada que completamente me enchia. Gostaria de explicar que, para mim, há uma diferença entre o estar apaixonado e o viver com intensidade uma vibração amorosa. A paixão é cega e o apaixonado não consegue aperceber-se da realidade em que está metido. Eu estava lúcido, até porque a tal outra metade de mim não parava de nos observar e reflectir. Mas a verdade é que eu me sentia preso à Catarina com uma intensidade que não contava já ser capaz de viver e os meus quarenta e muitos anos estavam a desvendar-me forças e estados de alma que eu já não esperava viver.

Levantei-me, desci para a cozinha, tomei o pequeno-almoço e fiz o que se faz nestas ocasiões: preparei café e torradas, pus tudo num tabuleiro e fui levar-lho ao quarto. Ela já estava acordada e riu-se para mim, agradecida. Eu disse:

— Trago-lhe o café e as torradas. Acho que todos os namorados fazem esta rábula nos primeiros dias... É uma espécie de costumes e hábitos dos humanos quando se amam...

— São bem bons estes costumes dos nativos — disse ela, sentando-se na cama. Ficava bem assim, despenteada, com o peito a sair dos lençóis. Até a comer a torrada a boca ficava sensual e provocante e eu olhava-a com a sensação de que aquela mulher não tinha nada que ver com a menina que eu conheci e com quem eu tinha aquelas conversas sobre literatura e estados de alma.

Quando acabou de comer, limpou a boca ao guardanapo e estendeu-me o tabuleiro. Eu fui pô-lo em cima duma cadeira e reparei que ela me chamava com um gesto das mãos. Puxou-me a cabeça de encontro ao peito e disse-me:

— Se eu fosse pirosa diria que és um bom amante. Assim digo que adoro fazer amor contigo. Que bem que tu fazes amor!...

— Eu acho que isso depende muito da pessoa com quem a gente o faz. Eu não imaginava como era tão grande a tua força. Estou mesmo apanhado por ti.

A gente ainda deu uns beijos mas eu levantei-me logo que pude:

— Não podemos passar a vida nisto. O que é que você julga que eu sou?

A Catarina riu e disse:

— Há uma coisa de que eu tenho a certeza: é a de que sou capaz de te pôr a fazer amor comigo sempre que eu quiser — e pôs-se com um ar de quem insinuava secretos e irresistíveis poderes.

Eu continuei:

— Vá. Saia daí. Está um dia lindo e é uma pena não aproveitarmos o sol. Levante-se e vamos jardinar para a frente da casa... Melhor vamos comprar flores ao viveiro e fazemos ali uma plantação. Tenho andado cheio de preguiça e gostava de pôr aquelas flores contigo...

Ela espreguiçou-se mais uma vez, levantou-se e foi para o chuveiro. Passeava-se nua com um imenso à vontade, como se fosse a Eva no Paraíso, antes de comer a maçã.

Fomos comprar as plantas e chegámos à hora do almoço. Estávamos cheios de fome. Uma das coisas de que mais gosto é de cozinhar para a mulher que amo. Assei batatas no forno e grelhei uma carne que tinha temperado na véspera. Tinha também um queijo da serra curado. Ficámos a comer e a beber. Ela, a certa altura, foi para o sofá e adormeceu e eu não tardei a fazer o mesmo numa poltrona. Estivemos assim talvez uma hora e depois fomos fazer as plantações. A Catarina ajeitava-se ao trabalho. Expliquei-lhe como se faziam as covas, como se punha o estrume, como se colocavam os pés e como se cobriam depois com terra. Pusemos uma fila de flores ao longo do muro.

Aquelas flores passaram a ser um pequeno ritual nas nossas visitas a Colares. Íamos sempre ver se as plantas tinham pegado, se estavam a crescer. Tirávamos as ervas que nasciam à volta. De resto, a casa de Colares, por uns tempos, ficou-nos tão intensamente ligada que era, por assim dizer, o lugar do nosso amor. Ela, às vezes, em Lisboa, ficava na minha casa mas tanto eu como ela achávamos que não era a mesma coisa. Amar em Lisboa era fazer uma das muitas coisas que tínhamos que fazer ao passo que em Colares parece que a gente só ia ali para amar.

A sensualidade da Catarina não parava de me surpreender. Numa das nossas sextas-feiras fizemos caminho pelo Estoril, beber um copo ao fim da tarde, em casa de uns amigos que ali estavam em férias. Era gente da minha idade e estava um outro um pouco mais velho. A Catarina fazia figura de menina pequena no meio daqueles doutores até porque vinha de blusa e de *jeans*, como ela gosta de andar. Estivemos por ali um bom bocado na conversa e eles queriam que fôssemos todos jantar. Eu olhei para a Catarina e ela, muito discretamente, fez-me sinal para não irmos. Foi fácil inventar um compromisso qualquer e despedirmo-nos. Quando entrámos no carro ela agarrou-se a mim:

— Vamos. Vamos depressa para a nossa cama...
Eu ria-me:
— Então? O que é que lhe deu?
— Não podia mais. Estava a olhar para ti a falares com eles e eu a não poder mais...

Lá fomos para Colares. Parámos o carro. Mal eu abri a porta de casa e entrámos, a Catarina dizia-me, a sorrir-se, enquanto subia pela escada acima:

— Vá. Depressa, depressa...

Eu ri-me também e segui-lhe os passos apressados. Mal entrou no quarto, abriu-me os braços num gesto que ela fazia muito. Começámos por dar um beijo grande e ela ia-me despindo enquanto me beijava. A certa altura disse-me:

— Fazes-me tanta pontinha a falar!... Tu a falares com eles e eu já não aguentava.

— Achas que a minha conversa é erótica? Estivemos a falar só de postos diplomáticos...

— Não é o assunto. És tu a falar. Eu sabia que havia qualquer coisa especial que me prendia a ti. Agora já sei: é a tua voz. É a tua voz que é erótica, não são as coisas que dizes.

Assim como não gosto da paixão sinto que a vibração amorosa, o enamoramento, é um daqueles estados de alma que compensam os mortais de ter nascido. O corpo não se separa do espírito e aquilo que se passa no pensamento é duma coerência exacta com o que se passa no corpo. Mais: o mundo converte-se num espectáculo festivo e o que nos apetece transmitir aos outros é a nossa alegria e o nosso êxtase. É pena que seja tão difícil às pessoas habituarem-se interiormente a viver um enamoramento, que é, sobretudo, um estado de verdade e de paz. É desfazer o equívoco com que o homem se relaciona com a mulher: é a verdade sem astúcia, sem sedução, sem poder, sem jogo, sem fraude. Como sabem amar, quando se encontram, a verdade de cada um!

Sinto que, durante algum tempo, eu e a Catarina soubemos o que isso era. A vida corria-nos sem sobressaltos porque, na unidade do nosso diálogo, tudo o mais que acontecia era indiferente. É isso que me pode levar a dizer que só há duas maneiras de nos ligarmos à vida sem mal-entendidos: quando se vive um amor ou quando atingimos a serenidade que nos faz participar duma certa sabedoria.

Uma vez, estávamos em Colares e a Carmo, uma amiga dela que também ficou minha, tinha ido connosco. Foi num fim de tarde. Já tínhamos tratado das flores, já tínhamos dormido uma sesta, já tínhamos feito e comido o almoço e arrumado a casa. Estávamos os três no sofá em frente da lareira. A Catarina não era capaz de calar o que lhe ia por dentro, disse:

— É tão fácil ser feliz! São precisas tão poucas coisas! É só um exercício da nossa capacidade de amar.

Disse isto e beijou-nos aos dois. Acrescentou:

— Vá, beijem-se e apalpem-se, amem alguém porque por causa disso amamos tudo. Não precisamos de mais nada.

Eu senti-me envolvido num suave calor que vinha das duas, que vinha das mãos que me percorriam o corpo e dos corpos que eu afagava com as mãos.

A Carmo disse:

— Isto é uma espécie de aprender uma linguagem. As pessoas não aprenderam ainda a comunicar nem perceberam que há uma maneira especial de sentir o universo.

Ficámos por uns tempos quietos e calados. Depois foi a Catarina que quebrou o silêncio:

— Acho que a gente devia abrir uma escola que ensinasse a amar.

— O pior é que isto é um dom que vem com o leite materno — disse eu.

— Não — insistiu a Carmo — é uma linguagem. É mesmo uma cartilha maternal que é preciso fazer para as pessoas aprenderem a aproximar-se uma das outras.

— Você acha que eu dava um bom professor? — perguntei à Catarina.

— Não sei. Você é daqueles que só ama bem com quem o sabe amar.

A Carmo interrompeu:

— Mas isso deve estar na primeira página da cartilha.

As nossas núpcias duraram uns meses, quase um ano. Eu já tinha desistido de tentar saber onde estaria a minha perversidade porque eu e ela continuávamos inteiramente enamorados um do outro.

A certa altura precisei de ir a Roma. Ainda andámos a fazer contas para ver se ela podia ir comigo mas o dinheiro não chegava e, além do mais, eu tinha por missão acompanhar um senhor de negócios que me pediu e pagou para eu ir com ele. Não calhava nada ela ir. Demorei-me uns oito dias e lá andei por Roma a pensar nela.

Nunca tinha tido a sensação de viajar enamorado duma mulher. Tudo o que se vê, quer-se comprar para ela e, andar pela cidade, é pensar numa próxima viagem a dois, a rever todos aqueles lugares que estamos a ver sem ela.

Escrevi-lhe duas cartas. Eram mesmo cartas de amor. Numa era eu a fingir que estava na escola e que tinha que fazer uma redacção sobre ela. A outra, mais à séria, falava-lhe na falta que ela me fazia.

Quis levar-lhe um bom presente e acabei por me decidir por umas botas lindas, de cano alto. Acho que sou bom a fazer compras e normalmente acerto com o gosto e o estilo da pessoa a quem ofereço o presente. Aquelas botas ficaram mesmo a calhar na Catarina. Claro que esse era o presente forte porque para além das botas comprei um sem número daquelas coisas que só se compram em Itália onde até um pano de cozinha parece uma obra prima.

Quando regressei a Lisboa tive a consciência de que o amor dela por mim estava no declínio. Fez uma grande festa às botas e às coisas que eu lhe trouxe mas senti que qualquer coisa se tinha metido entre nós porque ela já não vibrava comigo como antigamente. Andámos ainda uns oito dias, comigo a ver se encontrava a ponta desta meada. Via que a sua disponibilidade para mim já não era a mesma, arranjava razões para não estar comigo e, num fim-de-semana, disse-me mesmo que não podia ir para Colares.

Eu julgo que aguento estas coisas com aprumo. Uma vezes penso que é por uma questão de orgulho e amor próprio mas outras vezes acho que é pior: que é porque não me ligo verdadeiramente às pessoas. É a tal outra metade de mim, a que fica de fora e de que eu já tenho falado, que me faz atravessar estes transes com grande limpeza de atitude e processos.

Estávamos os dois na cama e eu senti que ela estava diferente, que já não punha naqueles encontros nem metade da força e do empenhamento com que normalmente os vivíamos.

Eu disse, numa voz inteiramente desdramatizada, quase com bonomia:

— Querida. Isto já não está como antigamente. Passa-se qualquer coisa consigo.

A Catarina ficou calada como que a dizer que era verdade o que eu tinha dito. Eu continuei:

— As pessoas não são obrigadas a amar-se eternamente mas têm que saber acabar as coisas com muita ternura. Vá. Diga francamente. O que é que se passou enquanto eu estive fora? Encontrou outro homem? Desinteressou-se de mim?

Ela estava com um ar um pouco envergonhado mas deu para fazer que sim com a cabeça e para me dizer sem me olhar:

— Pois foi. Acho que me apaixonei pelo Jorge...

O Jorge era um rapaz da sua idade, dum grupo com quem ela andava. Eu não dei parte de fraco:

— Querida. Isso é tudo quanto há de mais natural. As pessoas não ficam amarradas às outras para sempre. Ele tem a tua idade. É natural que tudo isso acontecesse.

Sei que lhe dei dois beijos na cara, quase paternais, que a puxei para o meu colo e que procurei facilitar-lhe a nossa separação. Eu não tinha que estar desgostoso pois tínhamos ali quase um ano de amor bem vivido, que me encheu aqueles dias com entusiasmo e calor. Mas estava triste, só. Acho que, na realidade, não sou dependente. Mais: tenho uma certa cobardia em enfrentar situações demoradas, digamos mesmo: instituições. Aquele meu amor pela Catarina podia tornar-se uma instituição e para isso estou certo de que não tenho coragem.

Foi assim, duma maneira muito suave e amigável, que a gente se separou. Eu repetia-lhe — e era verdade — que não queria de modo nenhum perder a amizade dela, que viesse ter comigo sempre que precisasse de mim. Mas, naquela despedida, eu reparei que o seu afecto já estava noutro lado. Eu esperaria que uma despedida destas, tão facilitada e harmoniosa, lhe desse pelo menos um grande ataque de ternura por mim. Mas não. Disse-me que sim, quase com gravidade. Vestiu-se e, quando saiu, deu-me um beijo na cara. Eu acho que ela tinha muita dificuldade em agir fora dos sentimentos que lhe passavam por dentro.

VI

Esqueci-me de dizer que a Catarina, uma vez por outra, gostava de fumar haxixe e marijuana. Isto foram coisas que ela me ia dizendo à medida que calhava porque ela era do género de não querer nada encoberto entre nós. Como não era entretém a que eu me dedicasse, as nossas relações por aí passavam-se com grande discrição. Com o tempo da nossa convivência, de vez em quando, alguns amigos dela vinham visitá-la tanto à casa de Lisboa como à de Colares — foi mesmo numa dessas visitas que eu conheci o Jorge — e nessas ocasiões pude ver como os ritos de convivência dessa geração eram diferentes dos da minha. Compreendi que cada geração tem o seu ritual de convivência, diferente da que lhe fica imediatamente atrás. Para os amigos da Catarina qualquer reunião implica necessariamente um charrinho e, sem isso, parece que os encontros não são possíveis. As falas são também menos contidas e são capazes de dizer uns aos outros coisas agradáveis ou desagradáveis, conforme vier a propósito.

Nunca me passou pela cabeça que aqueles fumos ocasionais pudessem ser um vício comparável, por exemplo, ao meu fumar de cigarros.

Eu gostei da forma como os amigos da Catarina me aceitaram mas, por outro lado, como a minha casa estava sempre aberta e franca, acho que eles entenderam que eram mais dois sítios de que podiam dispor. Reparei que sobretudo as mulheres simpatizavam comigo. Os homens, não sei porquê, sentiam-me um intruso a amar uma mulher que tinha mais que ver com eles do que comigo.

Não posso dizer que aquela ruptura com a Catarina me tivesse sido inteiramente indiferente mas eu estava numa altura da vida em que estas coisas são relativamente mais fáceis de ultrapassar. As solicitações são muitas e, por outro lado, também a convivência começa a revelar os vários lados das pessoas e a gente perde a imensa capacidade de aceitação com que vive empolgado os primeiros tempos dum amor. Andei ainda a pensar nela uma vez por outra e chegámos até a encontrarmo-nos pois que a troupe dos seus amiguinhos não deixou de me visitar de vez em quando. Ela aparecia mas reparei que me tratava com alguma distância como se o seu caso comigo tivesse sido um capítulo menos bom da sua vida. Era, de qualquer modo, um tratamento que parecia esquecer completamente aquilo que vivemos juntos. Aquelas conversas que tínhamos antigamente, mesmo essas, deixaram de ter lugar. Eu, que queria manter a nossa amizade, ainda lhe telefonei algumas vezes para combinar qualquer coisa mas ela arranjou sempre desculpas, e nem todas habilidosas, para não aparecer.

Habituei-me completamente a viver sem ela. Os amigos também deixaram de aparecer porque era evidente que a nossa convivência fora ocasional e nada justificava já que continuasse, mas, quando por acaso nos víamos, davam-me notícias dela.

Entre aqueles seus amigos havia uma, a Carmo, com quem criei uma amizade maior do que com os outros. Encontrei-a já muitos meses passados sobre o fim do nosso namoro. Perguntei-lhe pela Catarina e ela disse-me:

— Estou um pouco preocupada com ela. Já acabou o namoro com o Jorge. Agora anda com um tipo muito esquisito e disse-me no outro dia que estava a pensar ir com ele para Londres.

— Mas como é que ela faz? Não trabalha?

— Como sabes ela estava a fazer aquelas traduções que lhe iam dando para o dinheiro de bolso. No resto, vivia em casa dos pais.

Mais tarde vim a saber que ela tinha ido mesmo para Londres e que o tal rapaz se chavama Amadeu. Foi a Carmo que mais tarde me contou alguma coisa da sua biografia. Não tinha nenhuma profissão visível mas dispunha de bastante dinheiro. Tinha fama de estar por dentro dos negócios da droga. Também me disse que a Catarina tinha dele uma dependência total.

Na euforia da minha relação com a Catarina esqueci a história de S. Cipriano que eu, a princípio, tanto tinha ligado à visita do Felipe pedindo a minha intervenção junto dela. Agora que eu soube quem era o tal Amadeu tornei-me a lembrar de S. Cipriano mas, desta vez, sobre a presença do demoníaco e sobre o seu poder de atracção sobre certas pessoas.

Eu não faço ideia daquilo que se passa no mundo da droga e acho que imaginamos histórias demasiado trágicas para os universos que não conhecemos. O que eu sei do que se passa com a droga não vai além das apreensões que leio nos jornais, de uma pessoa que eu conheço que foi presa porque trazia cocaína da Colômbia, mais o que vem em certos livros policiais e certos filmes da televisão. Imagino um mundo sórdido, manejado por patrões omnipotentes, rodeados de homens de mão, a explorarem uma rede que tem nas suas pontas a legião dos ingénuos dependentes que a vida para ali encaminhou. Às vezes, confesso que tenho surpresas. Não digo já no que diz respeito aos fumos do haxe e da marijuana, que hoje sei que fazem parte duma espécie de rito de iniciação, mas fico surpreendido quando o acaso me faz saber que certo senhor importante cheira regularmente a sua cocaína ou que este ou aquele que eu conheço, como pessoa normal e convivente, injecta quando pode a sua heroinazinha. Como sempre acontece nestes casos, tenho a tentação de ver a branco e preto um universo que está cheio de estados intermédios.

A descrição do personagem Amadeu, que me foi feita por mais do que uma fonte, levou-me a pensar ser ele uma daquelas figuras que com a maior naturalidade afrontam todas as regras por onde mal se segura a nossa sociedade. Sei que há pessoas assim e que as psicologias, individual e social, não as conseguem explicar. Os nossos tempos, inteiramente desacralizados, terão dificuldade em fazer compreender aos vindouros, sem a existência duma espécie de possessão do espírito do mal, o que é que teria levado o Sr. Adolfo Hitler a queimar aqueles milhões de judeus ou o Sr. José Estaline a matar no Goulag os outros milhões que ficaram por lá. De resto, creio que é no ditador que esse espírito se revela em toda a sua pujança, pois ele atingiu um estádio que não tem nem instituição nem princípio ético a travar a sua acção. É o mal na sua liberdade plena. Não há dúvida que a pesada barreira da lei contém em muitas pessoas essa atracção para o abismo. Em resumo: se os códigos penais não proibissem que matássemos o nosso semelhante, é possível que o comportamento de alguns cidadãos permanecesse inalterável, mas estou certo também que muitos deixariam de conhecer entraves para matar quem se lhe atravessasse no caminho. Tenho a impressão de que, por termos tirado o demoníaco e o espírito do mal do nosso aparelho de interpretação do mundo, muita coisa vai ficar por explicar.

Não creio que fosse esse o caso da Catarina, mas o que não há dúvida é que ela própria sentia a força com que era atraída por certos vértices do mundo, ou talvez me explique melhor se disser que a paz, a serenidade e o sossego do espírito não a entretinham nem tinham o suficiente apelo para determinar o seu empenhamento vital. Ela tinha necessidade de viver com alguma forma de risco e eu desconfiava que aquela ligação com o Amadeu podia destruí-la.

Há muito que deixei de interpretar à letra os livros antigos. Os ritmos, as motivações, a relação das pessoas com tudo o que as rodeia, os próprios meios de apreensão e decifração do real eram completamente diferentes daquilo que hoje acontece. Quem leu alguma vez, por exemplo, o *Satiricon*, de Petrónio, fica a saber como uma sociedade é diferente quando vive sobre o impulso de outro texto fundador. O que se passava numa sociedade uns tempos antes do cristianismo não tem nada que ver com a sociedade que nasceu e foi formada segundo o texto cristão. E isso é verdade não só na textura intrínseca do tecido da sociedade como também na própria forma de compreender e interpretar a realidade.

Eu diria que, no tempo de S. Cipriano, a vida interior não atingira ainda a intensidade e os matizes que pode atingir nos nossos dias. Era um mundo mais simples: um mundo de imagens e acontecimentos exteriores. O homem estava habituado a uma relação muito directa com a realidade. Em certo sentido diria que a própria expressão do misterioso se foi modificando da simplicidade e da ingenuidade de então para a complexidade e a desconfiança com que hoje a encaramos. Nunca é demais citar a frase de Chesterton: «A razão porque os fantasmas abandonaram os velhos castelos da Escócia é porque as pessoas deixaram de acreditar neles.» Isto significa, por outras palavras, que havia no homem uma conformação especial para comunicar com o misterioso e o oculto que inteiramente perdeu. Isso não significa que o misterioso e o oculto tenham sido banidos do real mas que se manifestam doutra maneira.

Assim, se me perguntarem se acredito que Cipriano visitava o demónio na sua corte infernal e se com ele tinha aquelas conversas que nos relatou, não digo que sim nem que não. Digo é que acredito que existe o espírito do mal, que existe o demoníaco mas que é hoje diferente a maneira como se manifesta e como a gente comunica com ele.

Há o demoníaco e há a capacidade das pessoas se fascinarem com o mal. Cipriano dizia que, conforme viu no Inferno, o demónio sabe construir as aparências do bem: «Lá vi trezentas e cinco imagens das paixões: da vã glória, da vã virtude, da vã justiça que lhe serve para enganar os filósofos gregos. Porque elas estão inteiramente revestidas e ornamentadas mas não têm nenhuma realidade interior e dissipam-se rapidamente como o pó e como a sombra.» E, mais adiante: «Porque de todos os astros e das plantas e das criações do Senhor ele construiu aparências a fim de se preparar a fazer guerra ao Senhor e aos anjos. Graças ao que ele podia mergulhar os homens no erro sem ter na realidade nada sólido. Porque tudo isto não é mais do que uma silhueta que ele desenha e faz aparecer.»

A minha preocupação com a Catarina estava, naquele momento, na especial propensão que ela tinha para ser atraída pelos abismos.

Uma vez tive que ir a Londres. Pensei que talvez pudesse procurá-la e, ao mesmo tempo, ficava a saber se ela ia mandando notícias aos seus. Telefonei para casa dos pais:

— Está lá? Olhe, daqui fala um amigo da Catarina. É que eu vou agora a Londres e se me pudessem dar a morada dela...

A senhora que estava do lado de lá ficou manifestamente contente e interrompeu-me:

— Um momento. Um momento que eu vou chamar a mãe.

Depois disse lá para dentro:

— Ó Ana! Parece que há notícias da Catarina.

Uma outra senhora veio ao telefone num evidente alvoroço:

— Está? Diga por favor...

— Minha senhora, eu estava a dizer que vou a Londres. Sou amigo da Catarina. Se soubesse onde ela está e se por acaso quisessem alguma coisa para ela eu poderia contactá-la...

Dito isto, reparei que havia alguma mágoa do lado de lá do fio:

— Não. Nós não sabemos nada dela porque nunca mais deu notícias. Eu julguei que o senhor nos vinha dizer alguma coisa dela. Muito obrigada pela sua atenção mas nós não sabemos onde ela está...

Agradeci e desliguei o telefone. Era mais ou menos o que eu esperava. A Catarina tinha posto uma pedra entre ela e o resto do mundo e estava a viver até ao fim aquele seu mergulho no outro lado da vida.

Eu não sabia o que é que eu podia fazer mas sentia-me repartido entre o meu egoísmo, que me mandava estar quieto e calado, e uma espécie de solidariedade, que me ligava à Catarina, mesmo para além do tempo em que vivemos juntos.

Nestes casos, é difícil saber qual é a nossa posição. Por um lado, temos que acreditar na liberdade das pessoas e, em caso limite, a gente tem de os deixar caminhar livremente ainda que para a morte. Mas, por outro, há esta invisível teia que nos liga ao nosso semelhante, ao nosso próximo, que é a palavra apropriada. Temos responsabilidade para com aqueles que nos estão próximos e a que temos para com aqueles que nos estão longe deve ser proporcional à capacidade de ajuda que lhe podemos dar. Podemos matar a fome a quem passa fome ao nosso lado, mas não sei o que poderemos fazer pelo Chile ou pelo Afeganistão. Proceder doutro modo é alimentar uma forma de ficção que disfarça e salvaguarda o nosso egoísmo.

Lembro-me da história da minha amiga Matilde que um dia combinou jantar comigo. Disse-me:

— Aparece lá em casa às oito porque eu, às seis, vou à Embaixada americana ao protesto contra a guerra do Vietname.

Eu estava lá às oito e ela chegou um pouco depois mas tinha-se esquecido da chave dentro de casa. Felizmente era um rés-do-chão alto e uma janela estava aberta para o pátio. Tínhamos de pedir uma escada ao porteiro. Batemos-lhe à porta:

— Ó senhor João — disse a Matilde.

— Joaquim, minha senhora — rectificou o porteiro.

— Era para fazer o favor de me emprestar uma escada para entrar pela janela porque me esqueci da chave.

O porteiro trouxe a escada, subiu, abriu a porta e a Matilde agradeceu:

— Então muito obrigada, senhor João.

Ele tornou a emendar:

— Joaquim, minha senhora.

Já dentro de casa, apeteceu-me tirar as coisas a limpo. Perguntei-lhe:

— Este teu porteiro é novo?

— Não. Já cá estava quando vim para aqui.

— Então tu não sabes que o teu porteiro se chama Joaquim e vais protestar contra a guerra do Vietname.

Há casos destes em que as pessoas, para viverem com tranquilidade o seu egoísmo, alimentam e alimentam-se de ficções. Mas como é que o mundo tem andado ultimamente senão através de sucessivas ficções mobilizadoras de algumas energias e vontades? De qualquer modo é uma área em que não estou interessado. O que eu andava era com a certeza e o sentimento de que a Catarina era um meu próximo muito próximo e que eu tinha alguma coisa que ver com o seu destino. Mas não sabia por onde começar. Aquele mundo era-me completamente desconhecido mas eu não desistia de pensar nela e pensar nela, nessa altura, significava eu, de Lisboa, saber onde está uma mulher que vive no submundo de Londres, ligada ou não a um tal Amadeu, traficante de droga. Estariam presos? Vogariam entre vagabundos de Londres onde eu naturalmente era tentado a ver os escombros humanos do tempo de Dickens e não a Londres que, naqueles anos, roubara a Paris a vida e o fulgor dos pecados?

Enfim, o tempo resolve muita coisa. A pouco e pouco fui-me esquecendo do caso da Catarina. Em certas tardes de Inverno, quando faz vento e chuva, sou dado a remoer melancolias e lá me aparece a imagem da Catarina, a fugir à polícia, metida num romance de droga, sexo e aventura. Mas depois, passa-me. Fui tendo outros amores, vivi outras coisas bonitas com alma e com desejo e só de longe em longe me acudia a sua recordação.

VII

Não deixo de me interrogar sobre os comportamentos que tenho com o amor. Isto vem a propósito de dizer que, pensando bem e não obstante o ter-me preocupado com o destino da Catarina, fiquei bastante aliviado por ter terminado o meu romance com ela. Também é verdade que isso pode ser ainda tique da minha geração que fica sempre muito sensível às coisas que metem droga e afins. Mas eu não fiquei aliviado só por isso: por mais que eu entenda, em teoria, que os amores duram indefinidamente, por mais que eu viva, na prática, amizades profundas que se mantêm para lá dum caso amoroso, acabar uma relação dá-me quase sempre um certo alívio. Não sei se isto seria exactamente assim se eu fosse mais novo. Os meus amores de novo foram tão insípidos e inexperientes que não os recomendo a ninguém, mas a verdade é que, quando a gente anda a rondar os cinquenta anos, já tem em cima de si tantos hábitos e tanta história que é difícil poder adaptar-se à intimidade doutro personagem. Creio que há formas de egoísmo muito requintadas: um sujeito parece altruista mas depois, nestas pequenas-grandes coisas que representam o partilhar uma vida de todos os dias, a gente não suporta que alguém se intrometa nas nossas rotinas. Comigo acontece assim e por muita pena que tenha duma situação que se desfez, há um outro lado de mim que se sente aliviado e solto perante a vida.

Devíamos pensar um pouco mais sobre a vocação comunitária do homem que é, como as formigas e as abelhas, um dos raros animais que vive em sociedade organizada. O que acontece é que pertenço a uma geração que talvez tenha chegado ao topo do individualismo neste vaivém da história entre o individual e o colectivo. Sinto muito profundamente estes dois apelos, o de estar só e o de viver numa comunidade. Tenho dias e, sobretudo, sinto uma incapacidade visceral de ser definitivamente uma coisa ou outra.

Digamos que o meu estado de espírito, a certa altura, era, por um lado, o de dar graças a Deus por a Catarina se ter afastado de mim e, por outro, sentia uma culpabilidade recôndita que me fazia preocupar com ela. O certo é que se foram passando uns dois anos e tudo isto se começava a perder nas nuvens do esquecimento.

Uns tempos depois soube que ela estava outra vez em Lisboa e que vivia com o Artur. O caminho deste Artur foi também inesperado e tortuoso para mim que tinha tido ocasião de o ver uma ou duas vezes quando ele era um rapaz aprumado e cumpridor. Formado em Letras, estava casado com uma médica e tinham um filho, ainda bebé, quando eu os conheci em casa dum amigo comum. Ele tinha fama de muito inteligente e a mulher pareceu-me também esperta e despachada. Estavam no princípio da vida e era fácil augurar-lhes uma carreira profissional sem dificuldades. A conversa do Artur agradou-me: era um bom conhecedor de literatura, especialmente do surrealismo. Não que tivesse um arzinho de menino bem comportado, mas podia considerar-se uma pessoa inteiramente integrada no sistema.

Foi por causa dele que eu soube da Catarina porque o tal amigo comum me disse:

— Sabes quem está por aí? O Artur.
— Qual Artur?
— Aquele que estava casado com a Joana, que é médica.
— Já sei, já sei. São uns que conheci em tua casa e até tinham um filho...
— Esse. Esse mesmo. A certa altura deu-lhe uma coisa, deixou a mulher, o filho, o trabalho e foi para Londres. Até me fez impressão vê-lo — está feito um vagabundo: cabelo por cortar, casaco roto, sapatos rotos, até cheira mal...

No seguimento da conversa disse-me que estava com uma tal Catarina que vivia no mesmo estado. Imediatamente liguei o nome à pessoa e quis saber dela. Acho que eram as tais culpabilidades que me vieram outra vez acima. Cheguei a casa e telefonei à Carmo:

— Carmo? Olá, como tens passado? Tu sabes alguma coisa da Catarina?
— Sei que está por cá. Vi-a já há alguns dias mas fiquei triste com ela. Está completamente marginal. Até lhe falta um dente da frente!
Não me admirei da notícia. Ela ia descendo de degrau em degrau, mas isso mesmo fez-me querer estar com ela. Perguntei à Carmo:
— Sabes onde é que eu posso encontrá-la?
— Não sei, mas se andares por aí na noite por esses bares mais pesados és capaz de a encontrar.
Foi assim que eu tive a certeza de que a Catarina andava aí pela noite de Lisboa, o que me aumentou as minhas ânsias de anjo-da-guarda que quer falar com ela.
A minha noite de Lisboa é muito relativa. Gosto de passear à noite mas só até certo ponto. Certos bares, certas discotecas mas só até a um nível suportável pela minha pele e olfacto, abaixo disso não me dá para a cultivar. Mas conheço alguns frequentadores. Pedi a um desses meus amigos que me procurasse a Catarina. A coisa não foi fácil ou, se calhar, ele também não se aplicou muito porque a verdade é que continuei durante muito tempo sem saber nada dela. Um dia, encontrei-a por acaso. Ela apareceu-me numa dessas ruas da Lisboa antiga. Reconhecia-a só porque sabia que ela estava em Lisboa. Se não fosse isso, era capaz de não ter dado por ela. O cabelo tinha perdido toda a sua antiga vida e os olhos estavam pisados pelas turbulências do mundo.

— Catarina! — chamei.

Ela olhou-me, reconheceu-me e disse sem nenhum alvoroço:

— Ah... és tu...

Eu fiquei contente de a ver mesmo assim neste estado e quis manifestar-lhe isso mesmo:

— Mas que bom, ver-te! Nunca mais deste sinal de vida!

Não que a Catarina estivesse agressiva mas a verdade é que estava indiferente. Pelo menos aparentemente via-se que aquele encontro comigo não a emocionou de forma especial, mas eu é que não estava disposto a deixá-la. Perguntei:

— Para onde vais? Tens muito que fazer?

— Não. Nunca tenho que fazer...

— Então não queres conversar um bocado? Gostava de saber de ti.

Quando a Catarina falava via-se que lhe faltava o tal dente da frente, no maxilar superior e isso era, por assim dizer, o ponto que simbolizava toda a sua decadência. Respondeu-me:

— Eu não sei se temos coisas a dizer.

— Então? Não achas possível falarmos de nós os dois? Daquilo que nos aconteceu?

Ela continuava distante e desinteressada, mas eu disse ainda:

— Conversávamos, jantávamos qualquer coisa lá em casa e depois ia levar-te onde quisesses...

Ela condescendeu:

— Se quiseres, vamos...

A minha casa não era longe e fomos andando a pé. Eu devo confessar que ia com uma certa vergonha de levar ao meu lado uma mulher tão andrajosa, mas isto foi no tempo em que os bandos dos mutantes andavam pela cidade e talvez os outros não reparassem tanto nela como eu que seguia ao seu lado. Eu disse que jantávamos lá em casa porque não teria sido capaz de a levar a um restaurante. A certa altura eu disse:
— Vamos ali comprar um frango no churrasco.
Ela seguiu-me calada. Comprei o frango e continuámos a caminho de casa.
Entrámos, pus o frango na cozinha e viemos para a sala. Eu perguntei:
— Queres beber alguma coisa? Queres um uísque? Eu vou beber um.
Ela, sempre na mesma moleza, disse:
— Pode ser também um uísque.
Primeiro que começássemos a conversa foi difícil. A Catarina defendia-se, dava respostas curtas, não deixava revelar nada do que lhe passava por dentro mas, à medida que ia bebendo, as palavras iam-se-lhe soltando. Eu deixei ficar a garrafa e o gelo perto e ia servindo uísque sempre que o copo ficava vazio. Ela começou por ser quase agressiva:
— Eu não tenho nada para te dizer. Nós vivemos durante uns tempos uma espécie de equívoco. E só não foi um equívoco total porque eu julguei que tinha alguma coisa que ver contigo, mas afinal não tenho nada. Cada vez me interessa menos o mundo em que vocês vivem...

— Eu não quero dizer que seja óptimo o mundo em que vivo, mas acho que, de qualquer modo, é melhor do que o teu.

— Não estou a fazer comparações. Recuso-me a entrar para o vosso mundo. Não é que eu tenha encontrado um mundo melhor mas, a partir daí, fiquei de fora. Eu não estou onde quero: estou de fora daquilo que não quero.

Como disse, a sua voz não era nada terna. Havia na sua atitude, uma espécie de acusação não tanto a mim quanto ao mundo que eu representava. Ela continuou:

— Vocês ainda não compreenderam que é preciso inventar outra vida. Que há pessoas que não cabem nessa que vocês fizeram.

Eu estava calmo e queria sobretudo que ela falasse. Precisava das razões, precisava que ela me dissesse alguma coisa que justificasse toda aquela sua recusa em reentrar num mundo onde esteve e que, em certa medida, era capaz de dominar. Eu disse:

— Eu acho que as coisas não são assim tão simples. Primeiro, tu não saíste do sistema por recusa pensada, por uma espécie de objecção de consciência. Tu saíste por causa dum homem, desse tal Amadeu que te levou para Londres...

— Já que comecei a falar quero dizer-te que isso é verdade e que eu me prendi a ele duma forma e com uma força que eu não sou capaz de explicar. Mais: se ele não me tivesse deixado eu ainda estava agora com ele, a fazer tudo o que ele queria porque o que te posso garantir é que o Amadeu tomou inteiramente conta de mim e, por sua causa, fiz tudo o que ele quis e que te espantaria se eu te contasse.

Agora, que estávamos ali os dois fechados em casa, tenho que dizer que o cheiro dela me incomodava um pouco. De vez em quando sentia passar um odor indefinido, um odor de corpo humano que não viu água há muitos dias, mas eu estava interessado em ouvi-la e por isso fiquei sempre muito atento ao que ela dizia:

— Tu não sabes o que é alguém tomar inteiramente conta de nós. Eu poderia dizer-te que era o seu corpo e até isso seria verdade porque o meu corpo estava inteiramente à mercê de tudo o que ele quisesse fazer. Mas era mais do que isso: eu tinha um certo fascínio por toda aquela maneira de viver, por todos aqueles mistérios. Tudo o que ele fazia era misterioso, até ao dia em que ele percebeu que podia contar comigo e que podia ser sua cúmplice. Fazia tudo o que ele me mandava. Levei droga dum lado para o outro, pressenti o que era aquele submundo rodeado de perigos e onde a vida humana não tem qualquer valor. Fiz coisas por ele que ainda hoje não sei por que as fiz. Mas sobretudo há uma coisa que te quero dizer: ele dominava-me completamente, eu não era senhora da minha vontade...

A Catarina, com aqueles uísques, estava já a falar sem nenhumas restrições. Eu pensei que não seria mau irmos jantar porque ela, logo no princípio, tinha-me dito:

— O teu mundo não me interessa. Eu vim contigo porque me convidaste para jantar e eu não sabia onde jantar hoje.

Embora ainda fosse relativamente cedo imaginei que ela poderia ter fome. Disse-lhe:

— Esperas aqui um bocadinho que eu vou pôr um pouco de arroz a cozer para comermos com o frango. Está bem?

Ela fez-me que sim com a cabeça. Levantei-me do sofá e fui à cozinha pôr o arroz ao lume. Entretanto, eu ia pensando no extraordinário fascínio que o mal pode exercer. Como já disse, eu calculei que o Amadeu devia ser um desses personagens que são incapazes de viver a favor da lei: sempre contra a lei, sempre numa espécie de fúria contra tudo o que organiza um sistema, contra as normas de que ele mais ou menos se sustenta. Eu sei que estas coisas hoje são difíceis de dizer e que uma espécie de cientifismo fez da vida humana, das suas reacções e comportamentos um campo neutro sobre o qual não podemos fazer juízos morais. Mas eu insisto em dizer que há pessoas que estão especialmente possessas do mal. Que é necessário fazer um certo esforço para reintroduzir na interpretação do mundo aquilo que eu chamo demoníaco. Se quiserem não lhe chamem assim mas é impossível tirar dos dados da nossa vida o espírito do mal. Exactamente isso: qualquer coisa que não

pode ser tratada e olhada com indiferença científica.
Voltei para a sala. A Catarina estava encolhida no sofá, ao mesmo tempo confortável mas desinteressada desse conforto. Deu-me a sensação de que, se estivesse sentada no chão ou num banco de pau, isso ainda fazia parte do circunstancial.
Comecei por não lhe falar abertamente no demoníaco porque era capaz de ser uma espécie de linguagem que ela imediatamente rejeitaria e eu estava interessado em não a perder desta conversa. Disse, quase a medo:
— Eu não me espanto de teres ficado assim presa a um homem. São coisas inexplicáveis. Não sei o que funciona em nós que nos impede de fazermos juízos sobre os nossos próprios actos, mas eu acho que não podemos ser indiferentes. Demasiadas coisas, quase ia a dizer que o mundo inteiro, está dependente da natureza dos nossos comportamentos e por isso não podemos ficar indiferentes. Agora, o que te posso dizer é que, para certas pessoas, o mal exerce um certo fascínio.
— O mal? O que é o mal?
— Eu admito que não se acredite num mal absoluto que seja o unificador e coordenador dos vários males avulsos. Porque esses existem. Há certos comportamentos que temos de qualificar. A vida do teu amigo Amadeu, por exemplo. Muita coisa que fizeste com ele não me parece que seja uma espécie de comportamento que possa estar fora duma qualificação. Eu não te estou a julgar,

estou-te a dizer que nem todos os comportamentos são indiferentes: uns são bons e outros são maus.

— Sabes? Hoje, essa linguagem diz-me muito pouco. Quem passou para o outro lado da vida, aquilo com que mais se preocupa é com a sua sobrevivência. Digamos que é esse o seu lema de comportamento. Eu, para te dizer a verdade, fiquei no meio do caminho e, por isso, é que eu posso estar aqui a falar contigo e, de certo modo, a entender o que tu dizes. Agora o que podes acreditar é que há muitos que nem percebem a tua linguagem.

— Catarina. A gente pelo menos tem que reconhecer que há males ou mesmo certos sistemas de males. Podemos não aceitar que uma intenção, um plano ou uma consciência ligue todos esses males isolados...

— Eu não vou ao ponto de te dizer que não devemos qualificar os comportamentos, mas isso é uma concessão que eu faço exactamente porque não passei totalmente para o outro lado. Mas o que te posso garantir, pela experiência da minha vida com o Amadeu, é que o código das referências é quase sempre o contrário: na maior parte das coisas o que vocês chamam o bem eles chamam o mal ou nem chamam nada. O que vocês chamam o mal faz parte integrante do sistema de sobrevivência. Eles lá têm a sua moral que não tem nada que ver com a vossa.

— Eu sinto que é difícil as pessoas entenderem-se quando estão uma em cada lado do mundo.

Eu sei que há uma zona intermédia por clarificar e onde a gente não sabe onde está o bem e onde está o mal mas, para te falar com franqueza, eu hoje acredito no espírito do mal. Em qualquer coisa que unifica e é o motor de todos esses males dispersos. É nesse sentido que o demónio é um mito porque o mito é uma forma simbólica que nos lembra e nos desvenda o sentido de certas realidades ainda não explicitadas.

— Quero-te dizer que não me preocupa hoje o bem e o mal. Quando andei a passar a droga não te vou dizer que consegui, como eles, ser inteiramente indiferente ao que estava a fazer. Também te digo que tenho às vezes recordações doutros tempos ou melhor, certas nostalgias. E do que eu tenho pena é do tempo em que podia responder a um apelo qualquer que me tirasse da banalidade e da rotina. Às vezes penso que uma coisa dessas me poderia ter mobilizado e eu talvez pudesse ter-lhe dado tudo aquilo que dei ao Amadeu. Mas tudo isso passou. Hoje, para te dizer a verdade, já não me interessa muito saber os resultados dos meus comportamentos. Eu ando a ver passar os dias até que chegue o meu fim.

Eu, aqui tomei um certo calor:

— Catarina. Eu acho que não podes fazer isso. Estás viva, tens trinta e poucos anos. Tens mais que o dobro da vida à tua frente. Julgo que é muito cedo para desistir. Não digo que o futuro seja claro, que tudo não esteja rodeado de interrogações e perplexidades, mas é preciso partir duma coisa bem simples que é dizer sim à vida.

A Catarina pôs-se a fazer considerações:

— Isto de vida e de morte vem deste hábito de pensarmos em termos de tempo. É isso que nos faz conhecer abstractamente o futuro e com isso a ideia da morte. Conhecemos a morte antes de termos morrido e isso estraga-nos a vida...

Ela estava capaz de raciocinar e comunicar com lucidez. Não sei se foi do uísque mas a verdade é que ela saiu duma espécie de torpor da linguagem que tinha quando começámos a conversa e agora quase que parecia a Catarina de outros tempos: viva, inteligente, a raciocinar com audácia. Eu respondi:

— Há coisas que integrámos na nossa consciência exactamente porque não somos animais, porque pertencemos ao género humano: uma delas é a noção do tempo. Acompanha-nos o tic-tac do relógio sempre em marcha a caminho da morte. É, segundo me parece, qualquer coisa de grandioso e mesquinho ao mesmo tempo: uma coisa é a capacidade de medição da vida, outra é a consciência do fim.

— Não sei se não teria sido possível não termos apreendido a consciência do tempo. Sei é que é ela que nos angustia e nos confunde...

— Achas que vale a pena estar a discutir isso? A consciência do tempo faz parte da nossa natureza.

— Não sei. E julgo que há pessoas que conseguiram superar ou passar ao lado disso.

— Mas tu tens a consciência do tempo.
— Tenho, mas gostava de a desaprender.
Eu sorri-me. Entretanto o arroz devia já estar cozido e eu disse-lhe que fossemos jantar.
Comemos na cozinha. O arroz estava pronto e eu desembrulhei o frango que tinha comprado. Fiz-lhe o prato e pu-lo em frente dela. Depois fiz o meu. A Catarina comeu com apetite e eu, de vez em quando, olhava para ela à procura da menina que eu tinha conhecido ainda há poucos anos: fresca, sorridente, a absorver a vida por todos os poros. Eram sobretudo os olhos e o cabelo que tinham perdido a vitalidade. Depois havia ainda aquilo do dente da frente que me chocava um bocado. Enquanto jantámos a conversa foi muito banal. Disse-me que, a certa altura da vida dela, em Londres, depois do Amadeu a ter deixado, quase se desabituara de comer:
— Parecia que estava disposta a morrer de fome. Não me apetecia comer.
Disse-me que, nessa altura, o Artur a tinha ajudado muito porque a tinha tirado daquela lassidão em que estava, por causa do Amadeu a ter deixado cair.
— Comecei a viver com o Artur como quem se junta a um companheiro de desgraça, só que ele não se achava um desgraçado. Ele andava interessadíssimo em encontrar outra maneira de viver. Dizia-me sempre que aquilo não era um estado definitivo. Que andávamos à procura doutra conformação do mundo.

Acabámos o jantar. Eu deitei os ossos para o lixo e voltámos para a sala. Ela continuou a conversa sobre o Artur:

— Para te falar com franqueza ele não me atrai, mas juntei-me a ele porque também me sentia incapaz de voltar para o sistema e viver como antigamente.

— E a droga? — perguntei.

— A droga não é coisa que me inquiete. Eu vivi demasiado perto dela para saber como isso é um inferno. A gente fuma o nosso charrinho mas não passamos daí. O Artur diz que é uma ajuda até atingirmos um estádio superior...

Eu falei à séria:

— Catarina. Não se esteja a enganar a si própria. O caminho para o estádio superior é andarem assim rotos, sem fazer nada, tu sem o dente da frente? Deve haver outra maneira de a gente se despossuir do mundo...

Ela interrompeu-me:

— Não vale a pena entusiasmares-te tanto. Eu não quero dar-me como exemplo. Sinto é que a vida não me dá aquilo que me poderia dar satisfação.

— E será que tens procurado aquilo que te dá satisfação?

— Primeiro eu gostava de saber aquilo que me satisfaz. Acho que, em certa altura da minha vida, eu teria respondido a um apelo que fosse feito à minha generosidade... Era capaz de ter ido numa dessas... Qualquer coisa que pusesse à prova a minha capacidade de ser solidária com os outros.

Mas não encontrei nada disso. Encontrei sempre instituições que me pediam a minha vida como preço. Eu já não acredito nas ideias e a última coisa em que acreditei foi nos sentimentos. O futuro, se o houver, será dos sentimentos. Acho que sou um projecto falhado mas, a certa altura, o meu projecto parecia bem bonito...

Eu devo confessar que dei por mim emocionado. Aquela Catarina, metida na sua máxima fragilidade, fez-me lembrar a outra, que eu conheci há uns anos. Lembrei-me do amor dela, do clima que ela criou comigo: coisas que só podem conhecer aqueles que alguma vez experimentaram, a propósito duma mulher, um grande enternecimento com o mundo, capaz de nos fazer congratular com Deus por nos ter dado a vida. Eu disse, com a comoção em que estava:

— Catarina. Não diga que é um projecto falhado... Ainda há bem pouco tempo, quando nos conhecemos, tu fazias com o mundo um conjunto tão harmonioso que não é possível esquecê-lo.

Disse isto e pus a minha mão em cima da mão dela. Ela contagiou-se com a minha emoção e vi os seus olhos embaciarem-se de lágrimas. Chegou a sua cabeça para perto da minha. Foi quando senti todo aquele mau cheiro que lhe vinha da roupa e do corpo sem lavar e fiquei dividido entre qualquer coisa de muito grande e muito forte que mandava responder àquela ternura e uma coisa tão banal e pequena como o meu hábito de higiene, uma realidade tão recente na história. Mais uma vez a minha generosidade não foi suficiente para quebrar aquela barreira. Fiz-lhe uma festa na cara com a outra mão que me restava e assim podia afastá-la um pouco de mim. Estivemos assim algum tempo, ela, completamente entregue à emoção que lhe causara esta imensa saudade de si, eu, ao mesmo tempo comovido e preocupado com o rumo das coisas porque o meu corpo se recusava a partilhar com ela fosse o que fosse.

Ela deve ter percebido porque quebrou o silêncio e com isso cortou a onda emocional em que estávamos. Disse:

— Agora, que estou aqui contigo, tive saudades de mim no tempo em que vivemos os dois. Da nossa ternura, do nosso carinho, das pequenas cumplicidades com que vivíamos uma vida toda talhada ao nosso gosto. Mas é impossível voltar ao passado...

— Mas é possível voltar àquilo que o fez tão bom. A nossa relação com a vida não tinha equívocos. Tínhamos criado à nossa volta um espaço de verdade e era esse espaço que trazíamos connosco sempre que saímos à rua.

A Catarina limpou as lágrimas e disse, a disfarçar a emoção com um sorriso:

— Sabes é difícil, é muito difícil voltar à vida...

— Também não tenho receita para te dar quando nós próprios não nos dispomos a agarrar outra vez na vida. As próprias palavras dos outros não encontram eco. Mas podes ficar a saber que muitos de nós, que vivemos no sistema, temos uma parte da alma fora dele senão a atrofia era total...

Entretanto a Catarina levantou-se para sair:
— Já vou indo.
— Para onde vais? Eu levo-te.
— Não vale a pena. A verdade é que não esperava encontrar-te e muito menos falar tanto contigo. A gente, não sei porquê, toma consciência de pertencer a uma tribo que não fala com as das outras tribos. Hoje estou com a sensação de que falei com alguém doutra tribo.

Fomos andando para a porta. Demos um beijo ao despedirmo-nos.

A Catarina saiu e entrou para dentro da noite. Eu fiquei-me a pensar no seu destino e, de repente, senti uma grande revolta contra mim próprio por não ter correspondido ao seu afecto. O que é que poderia ter acontecido à Catarina se eu tivesse continuado aquela ternura que ela manifestou a medo, quando chegou a cabeça para mim? Se eu a tivesse beijado, teria sido isso um princípio num envolvimento amoroso que a reconduzisse outra vez para o meio do mundo? Seria essa uma ponta que a ligasse outra vez à vida? Recomeçaria ela um diálogo que tanto tinha que ver com a redescoberta da harmonia do mundo?

Mas a boca não tinha um dente e o corpo estava sujo. O cabelo era um ninho que não via água nem pente nem sabão há muito tempo. Agora sinto que, por estas razões tão mesquinhas, a Catarina perdeu um encontro que talvez a ajudasse a dar outro rumo à sua vida.

S. Cipriano conta que, quando ele e Aglaídes estavam desesperadamente apaixonados pela piedosa Justina, o demónio, perante a sua impotência, quis mudar-lhes a paixão e ordenou ao demónio da concupiscência que os prendesse a outras mulheres, senão sofreria um rigoroso castigo. Mas, apesar de todos os seus esforços ele nem esse resultado nele pôde obter. «Deus mostrou assim que o demónio não tem poder nenhum contra a nossa natureza.» Eu lembrei-me então da Catarina, naquela manhã de Sintra, a dizer-me comovida — «O mundo é tão bonito!». Isso confortou-me e deu-me alguma esperança mas não conseguiu apagar o meu remorso.